No. O. C.

M X

Villery

L'ENLÉVEMENT

D'HELENE,

PÖËME

TRADUIT DU GREC

DE COLUTHUS

AVEC DES REMARQUES.

(par jacques Du Molard)

✻✻✻✻✻✻
✻✻✻✻✻
✻✻✻✻
✻✻✻
✻✻
✻

A PARIS,

Chez. JEAN-FRANÇOIS ROBUSTEL,
rue faint Jacques, près S. Yves,
à l'Image S. Jean.

___

M. DCC. XLII.

AVERTISSEMENT.

ON sera peut-être sur-pris que l'on donne le titre de Poëme à l'Ou-vrage qui paroît aujour-d'hui. Son peu d'étendue le lui fera refuser par ceux qui croyent qu'il est de l'es-sence du Poëme d'être divi-sé par chants, & d'être chargé d'Episodes qui font le plus souvent des Livres beaucoup plus considérables que celui-ci. Sa brieveté l'a fait choisir par préférence à plusieurs autres, écrits dans

A ij

la même langue , & qui n'ont pas encore paru dans la nôtre. Cette brieveté même pourra lui être avantageuse , surtout dans le siécle présent où les Ouvrages des Grecs ne sont pas les plus recherchés. Si l'on avoit pu rendre dans notre langue toute la force & toutes les graces dont l'original brille en différens endroits , le sort du Poëme de Coluthus pourroit passer pour décidé , puisqu'il paroît devant la Nation la plus capable de juger d'un Ouvrage de goût.

La plupart des Sçavans

conviennent que l'on y trouve affez d'érudition; le ftile dans lequel il eft écrit paffe pour bon ; il eft même affez fleuri.

Il eft vrai que quelques Critiques du fiécle paffé n'ont pas été favorables à nôtre Auteur. L'un d'eux ne le regarde (a) que comme un Verfificateur , & il tâche d'appuyer fon fentiment du témoignage de Suidas. Il ne faut pas être fort verfé dans la Langue Grecque pour re-connoître que l'on a mal ren-du le terme ἰπρποιός dont Sui-das fe fert ; terme qui fignifie au contraire un Poëte héroï-

(a) Baillet, jugement , T. 4. de l'é-dit. in-4.   A iij

que. *Cette erreur du Criti-que est un préjugé peu avan-tageux au jugement qu'il por-te du stile de notre Poëte. On peut douter qu'il l'eût même lû avec quelque attention.*

Un autre (a) *après en avoir blâmé le sujet & le dessein trouve le stile froid & lan-guissant ; mais on sçait qu'il trouvoit à redire à tous les Poëtes sans en ex-cepter un seul, puisqu'il voioit mille défauts dans Homere, & dans Virgile,*

(a) Le P. Rapin Réfléx. 15. sur la Poëtique, où en trois pages il censure presque tous les Poëtes an-ciens. Le P. Vavasseur a critiqué vivement le P. Rapin dans les Re-marques qu'il a fait sur ces Ré-fléxions. V. Bayle à l'article *Rapin*

& que de son propre aveu tous les autres le glaçoient, tant il les trouvoit froids & languissans.

Quoique ce rigide Censeur eût plus de gout & de délicatesse que d'érudition pour connoître à fond les beautés & les défauts des Auteurs anciens & surtout des Grecs, ses idées n'ont pas laissé d'être adoptées par quelques autres qui l'ont suivi & qui l'ont copié; mais ceux-ci ne méritent gueres que le titre de Compilateurs, & l'on espere que les Sçavants, sans mettre Coluthus en parallele avec Homere, ne lui re-

A iiij

fuſeront jamais la juſtice qui
lui eſt due. On y trouvera
quelques défauts, eh! quel
eſt l'Auteur qui en ſoit exemt.
Je ne parle pas de ceux de
la traduction qu'il ne ſeroit
pas juſte d'imputer à l'original.

Suidas, le ſeul des An-
ciens qui parle de Coluthus,
nous apprend ſeulement qu'il
étoit de Lycopolis, ville de
la Thébaïde en Égypte, &
qu'il naquit ſous le regne
d'Anaſtaſe qui ſuccéda en
l'année 491 à Zenon. Sui-
das parle de quelques Ou-
vrages de Coluthus dont il
ne nous reſte plus rien, ſans

dire un seul mot de celui-ci.
Tout ce que l'on en sçait
d'ailleurs, c'est que le Car-
dinal Beffarion le trouva
proche Bitonto dans la terre
de Bari, avec le Quintus
Smyrnæus, qu'on appelle
auffi Calaber, à caufe du
pays où il a été trouvé. Ce
défaut de lumiere fur la vie
de Coluthus & le doute qui
pouvoit naître que le Poëme
de l'enlevement d'Helene ne
fut de lui, n'a pas empêché
qu'il n'ait eu un grand nombre d'éditions & de traduc-
tions latines, tant en vers
qu'en profe, accompagnées
la plupart de Variantes &

de sçavans commentaires. On en peut voir l'énumération dans le premier tome de la Bibliotheque Greque de M. Fabricius. Celle qui m'a paru la meilleure se trouve dans le second volume de l'Ouvrage de Michel Neander intitulé Opus aureum. (2)

Un Poëte d'Hambourg, nommé Postel l'a traduit en vers Allemands. Un autre Sçavant du Nord nommé Loescher en avoit préparé une édition beaucoup plus exacte & plus ample que toutes les autres, avec des

(2) Leipsiæ 1579. in-4°.

Scholies Grecques, des Variantes, des Observations Philologiques, un Glossaire Grec &c. édition dans laquelle selon toutes les apparences le texte auroit tenu peu de place. Ed. Sherburne l'a traduit en vers Anglois & l'a enrichi de quelques Notes où l'on trouve de l'érudition. Cette traduction & ces Notes ont été imprimées plusieurs fois avec les Poësies de Sherburne.

Je n'ai rien à ajouter, si ce n'est que ce Poëme est écrit dans le Dialecte Ionien usité sur presque toutes les côtes de l'Asie & dans les

Isles qui en sont proches.

Les événemens y sont si peu compliqués & en si petit nombre qu'il paroît inutile de donner un argument.

Si le Public juge favorablement de ce petit Ouvrage, on en pourra donner quelques autres qui regardent la Mythologie Grecque, & l'Histoire de Troye qui est la source de toutes nos connoissances Mythologiques & delà passer à la Bibliotheque d'Apollodore sur laquelle nous n'avons rien d'assez éclairci.

L'ENLEVEMENT

D'HELENE.

Illes du Xanthe, (*a*)
Nymphes de Troye,
qui abandonnez souvent
vos jeux sacrés & vos
coëffures, sur les bords
du fleuve votre pere, pour
monter les cheveux épars

(*a*) Fleuve de Phrygie, le seul
fleuve qui fut fils de Jupiter. *Ptolemée Hepheftion*, *L.* 4. Les Dieux
l'appelloient Xanthe & les hommes Scamandre. *Hom. Iliad.* 20.

sur le mont Ida; (*a*) revelez-moi le jugement du berger qui décida le diférend survenu entre trois grandes Déesses. Eloignez-vous encore une fois du bruit des ♦♦eaux, pour m'apprendre de quelles montagnes il descendit pour s'embarquer la premiere fois sur un élément qu'il ne connoissoit pas. Dites-moi par quelle fatalité sa navigation malheureuse troubla la terre

(*a*) Montagne de Phrygie où Pâris fut élevé. Il y mourut aussi & il y fut enterré. Ce fut sur cette montagne qu'Enée fut conçu.

& la mer, & causa tant de malheurs; Quelle fut l'origine de la dispute dans laquelle un berger fut choisi pour Juge des Immortelles. Comment il la termina. Qui lui apprit le nom de la belle Mé-gienne. Eh! qui pourroit mieux m'instruire de toutes ces choses que vous qui en futes les témoins. Vous vites (*les trois Déesses*) monter sur un des sommets arides du mont Ida. Vous y vites Pâris qui gardoit seul son troupeau. Vous y vites la Reine des Graces avec tous ses charmes.

On célébroit alors les nôces de Pelée sur les montagnes élevées de la Thessalie. (*a*) On y chantoit des Epithalames. Jupiter ordonnoit à Ganimede de verser à boire.

Tous les Dieux s'empressoient d'honorer de leur préfence les nôces de l'aimable sœur d'Amphitrite, dont les bras sont d'une blancheur éclatante. (*b*) Jupiter y vint de l'Olympe. Neptune y vint du

(*a*) La Theffalie portoit auparavant le nom d'Hæmonie. La nôce se fit sur le mont Pelius.

(*b*) Elles étoient Néréides c'eft-à-dire, filles de Doris & de Nérée. *V. Apollod. L.* 1. *chap.* 2.

fond

fond des mers. Apollon y conduisit les Muses dont la voix est ravissante. Il les y conduisit, dis-je, du mont Helicon (*a*) fertile en A-beilles, & la sœur de Jupiter, Junon se mit de leur compagnie. Venus Reine des *Amours* & mere de la tendre union (*b*) ne fut pas paresseuse à se

(*a*) Montagne de Béotie consa-crée aux Muses, où elles vainqui-rent les filles de Pierius Roi d'Ema-thie.

(*b*) Ou d'Harmonie fille de Mars & de Venus. Elle épousa Cadmus & fut changée en lionne, lorsqu'il le fut lui-même en lion. Je ne vois pas pourquoi la plupart des Com-mentateurs ont suivi cette derniere leçon.　　　　　B

rendre dans les bois habités par les Centaures.(*a*) La Déeſſe de la Perſuaſion y vint auſſi. La tête ornée d'une couronne nuptiale, elle aidoit à l'amour à ſoutenir ſon carquois. Malgré la répugnance de Minerve pour le mariage, elle ne laiſſa pas de quitter ſon caſque redoutable pour aſſiſter à cette fête. La fille de Latone, Diane ſœur d'Apollon ne dédaigna pas de s'y trouver quoiqu'elle aime un peu trop la chaſ-

(*a*) Ancien nom des Peuples de Teſſalie, qui ſignifie proprement *Bouviers*.

fe & la folitude. (*a*) Mars y parut d'un air doux & riant. Il n'avoit ni cafque, ni lance, ni cuiraffe, ni épée. On eut dit qu'il alloit encore chez Vulcain. (*b*) La Difcorde (*c*) fut la feule que Chiron (*d*) & Pelée n'inviterent point, foit par oubli foit par mé-

(*a*) Catulle dans les nôces de Pelée, dit que Diane & Apollon ne daignerent pas s'y trouver.

(*b*) Pour y trouver Venus. *Métamorph. L.* 4.

(*c*) La faim, la fiévre, la honte, l'envie & prefque tous les maux & les vices étoient des Divinités.

(*d*) Chiron chef des Centaures, fçavant & vertueux. Tout le monde connoit l'Ecole de Chiron de laquelle fortirent Jafon, Hercule, Achille, &c. C'étoit chez lui que la nôce fe faifoit.   B ij

pris. Bacchus (*a*) laiſſoit aller de côté & d'autres les boucles de ſes cheveux blonds , qui flottoient négligemment au gré des Zéphires.

Telle qu'une Geniſſe qui s'eſt égarée d'un gras paturage , & que les taons piquent cruellement , erre & ſe tourmente dans des landes déſertes : Telle la Diſcorde piquée par la jalouſie & par le deſir de ſe vanger de l'affront qu'on

---

(*a*) Le Grec porte *à qui l'on n'a pas coupé les cheveux* , (ce qui ſe dit d'Apollon & de Bacchus.) & que *ſes cheveux flottoient entre les raiſins.*

lui fait , s'agite & cherche tous les moyens ima-
ginables de troubler le
feſtin des Dieux. Elle ſe
leve pluſieurs fois de ſon
trône de pierre , elle s'y
replace autant de fois. Sa
fureur va juſqu'à vouloir
détruire le Ciel , demeu-
re du grand Jupiter , par
le moyen des Tytans (a)
qu'elle veut tirer des gouf-
fres où ils ſont enchaînés.
Elle va chercher inutile-
ment juſqu'au centre de
la terre des pierres pour

(a) Fils d'Ouranos & de la terre.
Leurs noms ſont Oceanus , Cœus ,
Hypérion , Crius , Japetus & Satur-
ne. V. Apollodore L. 1. chap. 1.

en tirer un feu semblable
à celui du foudre. Mais
malgré toute sa rage elle
eut la confusion de ne
pouvoir arriver au degré
de perfection que donne
au foudre Vulcain si sça-
vant dans l'art de forger
le fer, & dont le feu n'é-
teint jamais. Elle eut aussi
quelque dessein de trou-
bler l'Assemblée, en é-
frayant les Dieux par un
bruit semblable à celui
de boucliers qui s'entre-
choquent. Mais la crainte
qu'elle eut des armes &
de l'épée de Mars lui fit
enfin avoir recours à la
ruse. Elle se souvient des

pommes d'or des Hefpe-
rides. (*a*) Elle en prend
une qu'elle prévoit qui
fera la caufe d'une guerre
terrible, & cette guerre
commence au moment
même qu'elle la jette au
milieu de l'Affemblée. Junon femme de Jupiter ne
peut voir ce fruit précieux
fans envie. Fiere de par-
tager le lit du plus puif-

(*a*) Filles d'Hefperus & Niéces
d'Atlas Roi de Mauritanie. Quelques-uns ont prétendu que le Dra-
gon n'étoit qu'un Berger qui gardoit leurs moutons que l'on difoit
être d'or, parce que c'étoit la plus
grande richeffe que l'on connut
alors. Le mot de μῆλον fignifie éga-
lement pomme & troupeau. Les Hef-
pérides étoient trois, Æglé, Aré-
thufe & Hefperthufe.

fant des Dieux, elle veut
fe prévaloir de cet avan-
tage pour l'enlever de
force. Venus veut auffi
l'avoir comme étant la
plus belle & parce que
ce fruit eft le fymbole de
l'Amour. (*a*) Jupiter
voyant la querelle s'é-
chauffer appelle Mercure:

(*a*) Malo me Galatea petit Laf-
civa puella. *Virgil. Bucol.*
Aurea mala decem mifi cras altera
mittam. *Id.*
Ut miffum fponfi furtivo munere
malum, &c. *Catullus ad Ort.*
Aconce déclare fon amour à Cy-
dippe par une Pomme. *Ovid. Heroi.*
ep. 20. Le marié donnoit un coing
à la mariée. Cela fut même ordonné
dans la fuite par une loi de Solon.

» Mon

» Mon fils, lui dit-il, fi
» tu as jamais entendu
» parler fur les bords du
» Xanthe qui coule au
» pied du mont Ida, du
» beau Pâris fils de Priam
» qui fait paître fes trou-
» peaux fur les monta-
» gnes voifines de Troye;
» portes-lui cette pomme,
» & ordonnes-lui d'exa-
» miner avec la plus gran-
» de attention leurs beaux
» yeux, la régularité de
» leurs traits , & tous
» leurs charmes, & de la
» donner enfuite à la plus
» belle. » Tels furent les
ordres de Jupiter, & Mer-

C

cure pour s'y conformer conduisit lui - même les Déesses. Chacune tâche de se parer à son avantage. L'artificieuse Vénus déploie son écharpe, défait le nœud qui attache ses cheveux qui répandent une odeur délicieuse, met des ornemens d'or dans sa chevelure & adresse ces mots aux Amours en les regardant *tendrement* (*a*) : » N'abandonnez pas vo- » tre mere, mes chers en-

(*a*) Silius Italicus fait dire à peu près la même chose à Vénus. Il y a apparence que Coluthus ne l'a pas ignoré.

» fans , dans le combat
» qu'elle eſt prête de fou-
» tenir. Mes charmes vont
» décider aujourd'hui de
» mon fort. Le berger va
» donner la pomme & je
» crains que ſon choix ne
» tombe pas ſur moi. »
On prétend que Junon eſt
la mere des Graces. (a)

(a) La Mythologie varie extrêmement ſur ce qui concerne les
Graces. Selon Heſiode & Apollodore L. 1. c. 3. elles ſont filles
de Jupiter & d'Eurynome fille de
l'Océan , ſelon d'autres de Bacchus
ou de Mercure & de Vénus. Pauſanias l. 9. s'étend beaucoup là-deſ-
ſus & rapporte qu'Antimache les
faiſoit filles du Soleil & d'Egle ;

C ij

» On ajoute qu'elle parta-
» ge la puissance suprême
» de Jupiter. Minerve
» est la Déesse de la guer-
» re. Vénus seule peu pro-
» pre aux combats, est
» sans Royaumes & sans
» empire, elle n'a ni lance
» ni javelot. Mais pour-
» quoi me livrer à de vai-
» nes terreurs ? Ma cein-
» ture (a) ce tissu de
» graces piquantes & d'a-

d'autres les font filles de Jupiter &
de Vénus, d'Eurydoméne, d'Eury-
méduse &c. Phurnutus *de Nat. Deor.*

(a) Voyez la description de cette Ceinture dans le quatorziéme
Livre de l'Iliade.

» mours , ma ceinture ,
» dis-je, ne vaut-elle pas
» bien le javelot le plus
» leger ? n'ai - je pas un
» aiguillon immanquable
» pour faire faire aux hom-
» mes tout ce que je veux?
» N'ai-je pas un arc *pour*
» *leur lancer des traits ?*
» N'eſt-ce pas cette cein-
» ture enchantereſſe qui
» fait éprouver à tant de
» femmes les fureurs de
» l'amour, & qui leur fait
» ſupporter les douleurs
» les plus aigues ; (*a*) dou-
» leurs à la vérité dont el-

(*a*) Le Grec porte *les douleurs*
de l'enfantement.

C iij

» les ne meurent pas? »
Tandis que Vénus aux
doigts de rofe leur tient
ce difcours, les Amours
s'empreffent à fuivre fes
ordres. Ils voltigent au-
tour d'elle, & elle les
encourage à la fervir.

Cependant Mercure ar-
rive au haut du Mont Ida.
Le jeune Pârisy faifoit paître féparément les grands
& les petits troupeaux de
fon pere fur les bords d'un
Torrent. (*a*) Ses épaules

(*a*) Les Interpretes & les Com-
mentateurs de Coluthus ont cru que
c'étoit fur le bord du fleuve Anau-
rus. Mais ce fleuve étoit dans la

étoient couvertes d'une peau de chévre fauvage, qui lui tomboit fur les cuiffes. Sa houlette (*a*) étoit à fes pieds. Dans cet équipage il jouoit lentement, fur fes chalumeaux un air champêtre, mais gracieux. Cet inftrument lui plaifoit tellement que lorfque fes troupeaux étoient dans l'étable, il s'amufoit à chanter felon la coutume des Bergers,

Syrie felon les uns, & dans la Theffalie felon les autres. Ἄραυεςς fignifie auffi un torrent.

(*a*) Avec laquelle il chaffoit fes bœufs. C'eft ainfi que porte le texte Grec.

des Hymnes à l'honneur
de Pan & de Mercure,
& il oublioit egalement &
les bœufs & les agneaux.
Les chiens & les troupeaux
gardoient alors le filence.
La feule Echo fille de l'air
& qui ne peut rien dire
d'elle-même, répétoit fes
chants fur le Mont Ida. Cependant les taureaux cou-
chés ruminoient l'herbe
tendre dont ils venoient
de fe raffafier. Pâris étoit
dans cette occupation affis
à l'ombre d'un gros buiffon
lorfqu'il apperçut de loin
venir Mercure. Il fe leve en
tremblant, & pour n'être

pas apperçu des Déesses, il interrompt sa chanson qui n'étoit pas encore bien avancée, & il laisse ses chalumeaux dans les buissons. Le divin Mercure pour le rassurer lui parle en ces termes : (a) « Quit- » tes ta crainte & le soin „ de tes troupeaux. Juges „ le differend survenu en- „ tre les Déesses. Décides „ quelle est la plus belle, „ & donnes-lui cette pom- „ me précieuse. „ Le Ber-

(a) Pone metum, nuncius Ales ait :
Arbiter es formæ certamina siste
Dearum,
Vincere quæ forma digna sit una
duas. *Ovid. ep. Parid. ad Hel.*

ger raſſuré examine d'un œil doux & avec attention tous leurs charmes. L'éclat des yeux, la blancheur du col, le goût & la richeſſe de la parure, la forme du talon par derriere & la grandeur du pied, rien ne lui échappe. Minerve le voyant ſourire, & prêt à prononcer le jugement : « Fils de Priam, *lui dit-el-* » *le*, ſi tu préferes Minerve » qui ſçait enfler le coura- » ge des Guerriers, à la » Femme de Jupiter & à la » Reine des plaiſirs amou- » reux, indépendamment » de ta qualité de Roi, &

„ de ta puiſſance à Troye,
„ je te rendrai le protec-
„ teur de tous les mal-
„ heureux. Tu n'auras rien
„ à craindre des fureurs de
„ Bellone. (a) Décides en
„ ma faveur, & ſois aſſuré
„ que je t'enſeignerai l'art
„ de la guerre, & que je
„ t'inſpirerai un courage
„ invincible „ La ſage &
prudente Minerve ſe tut.
La Déeſſe aux beaux bras,
Junon prenant alors la
parole : " Si tu m'es favo-

(a) Sœur, femme ou mere de
Mars, ſelon differents Mytholo-
gues. Voyez Phurnutus, *de Nat.*
Deorum, & Suidas.

,, rable, *lui dit-elle*, si tu
,, me donnes ce fruit rare,
,, Je te rendrai le maître
,, de toute notre Asie. (*a*)
,, Ne te laisses pas éblouir
,, par l'éclat des exploits
,, guerriers. Qu'en a be-
,, soin celui qui comman-
,, de dans un grand nom-
,, bre de Villes ? Les heros
,, & les lâches sont égale-
,, ment soumis à son pou-
,, voir. Les favoris de Mi-
,, nerve ne sont pas tou-
,, jours les plus heureux.
,, La mort malgré toute

(*a*) Elle se l'aproprie parce qu'elle y étoit specialement adorée, ou
parce que la scene s'y passoit.

„ leur fierté, enleve fou-
„ vent tout d'un coup &
„ à la fleur de leur âge,
„ les Miniſtres de Bello-
„ ne. „ Telles furent les
promeſſes que lui fit la
Reine des Déeſſes. Mais
Venus écartant tout ce
qui lui couvroit la poi-
trine, étala ſans rougir les
tréſors de ſon beau ſein; &
deſſerrant ſa ceinture fer-
mée par une chaîne de graces & d'amours, elle en fit
voir tous les charmes ſans
en cacher la moindre par-
„ tie : Prends Berger, lui
„ *dit-elle en ſouriant,* prends
„ le ſceptre que je t'offre.

„ Jouis de tous mes char-
„ mes : méprifes la guerre
„ & l'Empire de l'Afie.
„ Je ne fuis point guer-
„ riere. Que ferois-je d'ar-
„ mes & de boucliers ? La
„ beauté qui eft l'apana-
„ ge de mon fexe l'em-
„ porte de beaucoup fur
„ le courage. Au lieu de
„ t'infpirer cette vertu fan-
„ guinaire , je te donne-
» rai une époufe charman-
» te. Elle quittera Lace-
» demone pour te fui-
» vre à Troye. Heureux
» époux, la premiere de
» ces Villes te verra à
« Troye même, entre les

» bras de la plus belle
» de ses femmes. Le lit
» d'Helene sera le trône
» sur lequel tu monteras. »
Pâris la laisse à peine ache-
ver. Il lui donne la Pome.
La Déesse née de l'écume.
des flots remporte le prix
de la beauté ; prix qui
fut l'origine de la guerre
de Troye, & de toutes
ses horreurs. Vénus la
Pomme à la main adresse
ce discours railleur à Junon & à la courageuse
Minerve. « Belles guer-
» rieres, Vénus l'emporte
» sur vous, cédez - lui la
» victoire. Je ne me suis

» attachée qu'à la beauté,
» & la beauté me couron-
» ne en ce jour. Mere de
» Mars , vous à qui l'on
» attribue auſſi la naiſſan-
» ce (*a*) des graces. Vous
» voyez qu'elles vous ont
» abandonnée en ce jour;
» pas une n'eſt venue à
» votre ſecours. Et vous
» Reine des boucliers ,

(*a*) Ironie. On a dit ci-deſſus
que Vénus paſſoit auſſi pour leur
mere : Vous qui prenez le titre de
mere des graces à mon préjudice.
Le Grec ajoute *dans les douleurs de*
l'enfantement. Autre ironie ſur la
naiſſance de Vulcain, que quelques
mythologiſtes prétendent être né
de Junon , comme Minerve étoit
née de Jupiter.

VOUS

» vous qui sçavez si bien
» entretenir le feu de la
» guerre, Mars ce Dieu si
» redoutable par sa lance
» ne vous a point secou-
» rue. Les flammes de
« Vulcain, ces flammes
» qui sortent, pour ainsi
» dire de sa bouche, vous
» ont été inutiles. Déesse
» orgueilleuse, qui vous
» vantez de n'être pas née
» d'une femme, ni par la
» voie du mariage, mais de
» devoir le jour au coup de
» hache que votre pere se
» fit donner sur la tête. (*a*)

(*a*) Ce fut Vulcain qui rendit ce
bon office à Jupiter. La Déesse sortit
toute armée.　　　　　D

» Vous dont les habil-
» lemens font de fer. Vous
» qui fuiez l'amour, & qui
» ne courez qu'après les ex-
» ploits guerriers. Vous qui
» n'avez jamais connu les
» douceurs des plaifirs a-
» moureux & d'un tendre
» lien. Vous ignoriez , ô
» Minerve , que lorfqu'il
» s'agit de décider de la
» beauté les plus foibles ont
» le même avantage que
» les plus forts ; que les ex-
» ploits militaires ne font
» comptés pour rien. Que
» la régularité & la juftefle
» des proportions eft ce
» qui nous juge , & qu'on

» n'a aucun égard au fexe
» ni à la valeur. » C'eft
ainfi que Vénus infultoit
à l'affligée Minerve, après
qu'elle eut remporté fur
Junon & fur elle le prix
de la beauté, qui devoit
être caufe de la deftruc-
tion de tant de Vil-
les (a).

L'amour cependant,

(a) Quelques-uns expliquent
ainfi le jugement de Pâris. Ils prétendent que ce jeune Prince ayant
fait de grands progrès dans les
fciences qui étoient alors cultivées
en Grece, il fit un difcours, & enfuite une Hymne à l'honneur de Vénus où il lui donna la préférence
fur Junon & fur Minerve. *Cæl.
Rhodig. Lect. antiq. L. 1. Cap. 59.*

D ij

44 L'ENLEVEMENT

s'empare du cœur du malheureux Pâris. Ses defirs s'enflamment : il cherche cette beauté qu'il ne connoît pas encore. Après mille réflexions il conduit dans le plus épais de la forêt des Ouvriers habiles. Phereclus (*a*) leur fait abattre ces chênes qui cauferent dans la fuite tant de malheurs. Ce fut de ces bois que pour plaire à ce Prince infenfé, il fit conftruire les Vaiffeaux funeftes fur lefquels

(*a*) Phereclus fils d'Harmonide qui exerçoit la même pro eſſion. Phereclus fut tué dans la fu te par Merion. *V. Iliad.* 5.

Pâris s'embarqua , & quitta les douceurs du Mont Ida , pour s'expofer aux dangers de la mer. Mais avant de s'embarquer il fit fur le rivage , de fréquens facrifices à la Déeffe qui préfide aux plaifirs amoureux , pour fe la rendre favorable fur les flots qui lui ont donné la naiffance. Plufieurs préfages annoncerent les fuites terribles que devoit avoir ce voyage. La mer fe fouleva & porta fes flots irrités jufqu'au Ciel qui fe couvrit du midi jufqu'au Nord de nuages épais. La

pluie tomba par torrens. La
tempête en devint plus vio-
lente , & elle ne ceſſa que
lorſqu'il ſe fut éloigné de
Troye & de la Dardanie ;
(*a*) qu'il eut paſſé le Boſ-
phore de Thrace , & qu'il
eut laiſſé derriere lui l'em-
bouchûre du Marais Iſma-
rien (*b*). Bien-tôt il apperçut le Mont Pangée qui

(*a*) Nom qu'on donnoit dans
les premiers tems à la Samothrace.
(*b*) Herodote *in Polymnia.* C'eſt
ſon 7. L. Chap. 109. parlant de la
marche de Xercès après qu'il eut
traverſé l'Helleſpont ſur un pont,
dit qu'il paſſa à Maronée , à Dicée
& à Abdere , & aux étangs fameux
qui en ſont proche, qu'on appelle Iſmariens, entre Maronée, Stry-

eſt en Thrace & le tombeau de Phillis qui aimoit ſi tendrement ſon futur époux. (*a*) Il paſſa auprès d'*Enneacyclos* , (*b*) où l'on peut aiſément s'égarer.

---

me & Biſtome proche Dicée.; Marais dans leſquels le Trave & le Compſate ſe déchargent,

(*a*) Phyllis fille de Lycurgue Roi de Thrace qui reçut chez elle & dans ſon lit Demophoon fils de Theſée Roi d'Athenes , à ſon retour de la premiere guerre de Troye du tems de Laomedon. Son Amant lui demanda la permiſſion de retourner à Athenes , avec promeſſe de revenir dans un mois. Mais ayant tardé plus long tems à le faire , Phyllis ſe crut mépriſée & elle s'étrangla. *Ovid. Ep.* 2. *Phyllid. Demophoonti.*

(*b*) On prétend que Phyllis le reconduiſit juſqu'à cet endroit, &

C'étoit là que Phyllis fou-
piroit tous les jours en at-
tendant le retour de De-
mophoon qui étoit allé à
Athenes. Il cotoia ensuite
le pays des Hemoniens
(*a*) qui est extrêmement
riche , & l'Achaïe où sont
situées les villes de Phtie,
& de Mycene, (*b*) dont les
qu'elle l'y attendit inutilement.
Herodote Liv. 7. l'appelle les neuf
chemins. Hygin. Fab. Cap. 59. dit
qu'elle vint neuf fois au devant
de lui sur le bord de la mer, en
un endroit qu'on a depuis appellé
Enneados , en mémoire de cet éve-
nement.

(*a*) La Thessalie.
(*b*) Mycene ville du Pelopone-
se , où régnoit Agamennon. Pausanias , Liv. 2. Cap. 16. parle de l'o-
rigine & de la destruction de cette
Ville.   rues

rues font fort larges. De-
là en continuant fa route
le long des prairies qui
font au pied de l'Eryman-
the, (*a*) Il comprit qu'il
approchoit de Sparte dont
les femmes font d'une
beauté ravilfante. Cette
Ville cherie du fils d'A-
trée (*b*) eft située dans

(*a*) Il y avoit une Montagne,
un Fleuve & une Ville de ce nom.
Le Fleuve tomboit dans l'Alphée.
Ce fut fur la Montagne qu'Hercule
tua le Sanglier terrible.

(1) Il n'étoit que fon Neveu.
Plifthene pere d'Agamennon & de
Menelas, mourut lorfqu'ils étoient
en bas âge, & Atrée frere de Plif-
thene prit foin de leur éducation.
Dict. Cret.

E

un fond, proche des bords de l'Eurotas. Affez prêt de là, il découvrit avec admiration la charmante ville de Therapné (a) bâtie au deſſous d'une forêt ſur une montagne voiſine *de Sparte*. Le chemin qu'il avoit encore à faire par mer n'étoit pas long, & il n'avoit pas long-tems à entendre le bruit des rames. En effet il arriva bientôt dans un Golfe, où les matelots jetterent l'ancre.

(a) Terapné, Ville de Laconie bâtie par Terapné fille de Lelex, Patrie. d'Helene. Steph. Bizant. l'apelle Theramné. Pauſanias dit qu'Helene & Meneias y furent inhumés.

Son premier foin fut
de fe laver dans un Fleu-
ve dont l'eau étoit claire
& pure. Il fe mit enfuite
en chemin d'un pas fer-
me & moderé, de peur
que la poufliere ne falit
fes pieds charmans, ou
qu'en marchant trop vîte
le vent ne dérangeât la
frifure de fes cheveux qui
fortoient par groffes boucles de deffous fon caf-
que. Bien-tôt il apperçut
& parcourut des yeux les
maifons (*de Sparte*), où
l'hofpitalité étoit fi bien
exercée. La beauté des
Temples lui fait juger de

celle de la Ville. D'un côté, il voit avec admiration la Statue d'or de Minerve, qui étoit spécialement adorée dans ce pays. Un peu plus loin, il voit de l'autre côté, celle d'Hyacinthe (*a*) le Carnéen. (*b*) Les Amycléens voyant combien il étoit familier avec Apollon, &

(*a*) Parce qu'il étoit favori d'Apollon, appellé Carneus, dont parlent Conon, narrat. 26. & Pausanias L. 3. chap. 13. Il étoit fils d'Amyclas Roi des Lacedemoniens, selon Pausanias L. 3. & d'Oebalus selon Ovide Metamorph. L. 10.

(*b*) Amiclée Ville de Laconie consacrée à Appollon. *Pausan, in Lacon.*

combien il en étoit cheri,
apréhendoient que Latone
dans un moment de dépit
contre Jupiter, ne l'en-
levât. (a) Apollon igno-
roit que Zephyre étoit son
rival ; malgré tous ses
soins ce Dieu donna lui-
même la mort à son fa-
vori ; mais la terre pour
obliger Apollon, & pour
appaiser sa douleur pro-
duisit la fleur nommée
Hyacinthe.

Pâris s'avançoit vers le

(a) Plusieurs Déesses en avoient
agi de la sorte, Jupiter donnoit
souvent bien des chagrins à ses Maî-
tresses par ses nouvelles amouret-
tes.

Palais de Menelas. Il avoit
toute la Majefté d'un
Dieu. Sa beauté l'empor-
toit fur celle du fils de
Jupiter & de Semele. Par-
donnez, ô Bacchus ! cet-
te comparaifon. Tout fils
de Jupiter que vous êtes,
Pâris avoit les traits les
plus réguliers. Rien n'é-
galoit l'éclat de fon tein,
& la beauté de fon vifa-
ge. Hélene cependant,
après avoir ouvert le lieu
deftiné à recevoir les étran-
gers, paffe promptement
dans la Cour du Palais.
Auffi-tôt qu'elle apperçoit
fon nouvel Hôte, elle l'in-
troduit dans l'endroit le

plus reculé de fon appar-
tement. Elle le fait affeoir
avec elle fur un tronc d'ar-
gent qu'elle avoit fait faire
depuis peu. Plus elle jette
les yeux fur lui, moins elle
fe raffaffie de le voir. Sa premiere idée fut que c'étoit
le fils de Venus qui préfide aux plaifirs amoureux.
Mais elle fortit de cette
erreur, car elle ne lui vit ni
fleche ni carquois. A la
beauté de fes traits, & au feu
qui brilloit dans fes yeux,
elle s'imagina enfuite que
c'étoit le Dieu des Rai-
fins. (a) Dans cette per-

(a) Ou felon d'autres *des defirs.*

E iiij

plexité : » Etranger , lui
» dit - elle , d'où venez-
» vous? Quelle eft votre
» aimable famille ? De
» quel pays êtes-vous ?
» Votre bonne mine m'an-
» nonce que vous êtes un
» grand Roi. Je ne vous
» connoîs point pour être
» de la Grece. (*a*) Vous
» n'êtes pas de Pylos. Ce
» pays fabloneux appar-
» tient au fils de Nelée.

(a) Le Grec porte *Argien.* Homere défigne fouvent les Grecs par
le nom d'*Argiens.* V. Strabon, L.
8. où il s'étend beaucoup fur cette
Ville. « Je crois, dit-il, que les Grecs
» ont été appellés Argiens à caufe du
» grand renom de la Ville d'*Argos.*

» (*a*) Antilochus ne m'eft
» point inconnu , mais
» vous me l'êtes abfolu-
» ment. Vous n'êtes point
» de la charmante Ville
» de Phtie (*b*) qui pro-
» duit tant de Héros. J'ai
» connoiffance de tous
» ceux qui compofent l'il-
» luftre famille des Æa-

(*a*). Pylos Ville d'Achaïe où régnoit Neftor fils de Nelée & pere
d'Antilochus, qui fut tué à la guerre de Troye par Memnon Roi d'E-
thiopie. *Odyff.* 4. Triphiodore &
Q. Calaber.

(*b*) Phtie patrie d'Achille , qui
étoit tout au plus né lorfqu'Helene tenoit ce difcours. Eacus eut
trois fils , Pelée, Roi d'Egine , pere d'Achile ; Telamon , pere d'A-
jax , & Phocus. Ce font eux qu'on
appelle les Æacides.

» cides ; le magnifique Pe-
» lée , l'illuſtre Telamon,
» le ſage & vertueux Pa-
» trocle (*a*) & l'invincible
» Achille. » La violence
de ſes deſirs ne lui permet
pas d'en dire davantage.
Pâris lui répond d'une voix
douce & gracieuſe : » Si
» vous avez entendu par-
» ler d'une Ville ſituée
» ſur les confins de la
» Phrygie , de Troye ,
» cette Ville fameuſe dont
» Neptune & Appollon
» ont bâti les murailles ;
» ſi vous avez quelque-

(3) Patrocle fils de Menetius &
d'Helene , ami & compagnon
d'Achille , fut tué par Hector.
Iliade 16.

» fois entendu le nom de
» l'heureux Roi qui y
» commande, & qui des-
» cend de Saturne. Je suis
» le premier de ce lieu. Je
» ne le cede point à mes
» Ancêtres. Je suis le fils
» bienaimé du puissant
» Roi Priam. Je descends
» de Dardanus qui descen-
» doit lui-même de Jupi-
» ter. (*a*) Les Dieux quit-
» tent souvent les Cieux
» pour habiter parmi les
» hommes. Tous immor-
» tels qu'ils sont, ils vien-

(*a*) Homere dans le 20. Livre
de l'Iliade, donne la genéalogie
des Rois de Troye.

» nent quelquefois travail-
» ler pour eux fous l'ef-
» poir d'une récompenfe ;
» c'eft ce que firent Nep-
» tune & Apollon qui
» nous ont bâti des murail-
» les imprenables. C'eft
» moi que les Déeffés ont
» pris pour juge : c'eft
» moi qui donnai à Ve-
» nus dans cette circonf-
» tance le prix de la beau-
» té, au préjudice des deux
» autres à qui cette pré-
» férence caufa le cha-
» grin le plus fenfible.
» Cette Déeffe m'a pro-
» mis en faveur du fervi-
» ce que je lui ai rendu ,

» une époufe adorable
» nommée Héléne, & qui
» ne lui cede pas en beauté.
» (*a*) L'empreffement que
» j'ai eu de contracter ce
» mariage avec vous m'a
» fait traverfer tant de
» mers. Confentez-y puif-
» que Venus l'ordonne.
» Ne me couvrez pas de
» honte par un refus, &
» ne dédaignez pas de me
» donner la main. Je n'ai
» rien à dire de plus. Il
» eft inutile de vous répé-
» ter ce que vous fçavez
» mieux que perfonne.
» Vous n'ignorez pas que

a) Le Grec porte fa fœur.

» Ménélas votre époux
» eſt peu propre aux com-
» bats, & qu'il n'y a point
» en Grece de femmes auſ-
» ſi belles que vous. (*a*)
» Les femmes Grecques
» dès leur plus tendre jeu-
» neſſe ont des traits groſ-
» ſiers, & qui tiennent plus
» de l'homme que de la
» femme. » Hélene étoit ſi
troublée qu'elle ne répon-
dit à ce diſcours qu'en

(*a*) Cela ne s'accorde pas avec
ce qu'on lit plus haut de Sparte
qu'il appelle la Ville aux belles
femmes. Sans doute Pâris veut lui
faire entendre que les Grecques
ne ſont pas auſſi belles que les
Troyennes, & que Troye eſt la ſeu-
le Ville qui ſoit digne de la poſ-
ſéder.

baissant les yeux. A la fin
elle prit la parole. «Etran-
» ger, lui dit-elle en trem-
» blant, il y a long-tems
» que j'ai envie de voir
» les magnifiques murs de
» votre patrie bâtis par
» Neptune & par Apol-
» lon. Je ne suis pas moins
» curieuse de voir les pa-
» turages odoriferans où
» ce Dieu conduisoit paî-
» tre ses troupeaux jus-
» qu'au pied des retranche-
» mens, & jusqu'aux por-
» tes de Troye. Je con-
» sens que vous m'y con-
» duisiez. Je vous suivrai
» comme l'ordonne Ve-

» nus qui préside aux nô-
» ces. Je ne crains point
» Ménelas , ni qu'il ap-
» prenne que je ferai à
» Troye. » Tel fut le com-
plot que la charmante
Hélene fit avec Pâris.

La nuit où les hom-
mes fe repofent de leurs
travaux étoit déja bien
avancée. Prête de céder la
place au Soleil , elle ren-
doit le fommeil plus le-
ger , & avoit ouvert les
deux portes des fonges ,
l'une de corne (*a*) par la-

(*a*) Coluthus a pris ceci du
19. l. de l'Odyffée , & du 6. l. de
l'Eneide.

quelle

quelle fortent les fonges véritables, & qui nous annoncent les volontés des Dieux, & l'autre d'ivoire par laquelle fortent les fonges faux & trompeurs. L'Aurore enfin commençoit à paroître lorfque Pâris violant l'hofpitalité fit paffer promptement Hélene fur fes vaiffeaux. Fier des promeffes de Venus aufquelles il fe fioit trop, il ne prévoyoit pas que ce qu'il fe preffoit de porter à Troye feroit la caufe de fa ruine.

Dès que le jour parut Hermione fe leva, & laiffant aller fon voile au gré du vent, el———pira, & verfant un torrent de larmes, elle appella plufieurs fois, & en jettant de grands cris, fes femmes qui étoient hors de fon appartement. « (*a*)Où eft allée ma mere, » leur dit-elle, pourquoi » m'a-t-elle abandonnée à » ma douleur ? Elle prit » hier au foir avec moi les » clefs de fon apparte-» ment, & elle s'eft en-» fuite couchée auprès de

(*a*) Ipfa ego non longos etiam tum fciffa capillos, Clamabam fine me, me fine, mater, abis.
Ovid héroid. Epift. Hermione Orefti.

» moi. Ses paroles furent
» interrompues par ſes ſan-
» glots ; ſes femmes qui
» étoient encore dans le
» veſtibule pleuroient auſ-
» ſi, & tâchoient d'appai-
» ſer ſa douleur. Princeſ-
» ſe, lui dirent-elles, ceſ-
» ſez de vous affliger, &
» de verſer des pleurs.
» Votre mere eſt ſortie.
» Elle reviendra promp-
» tement dès qu'elle ſçau-
» ra que vous pleurez. Ne
» ſçavez-vous pas que les
» larmes terniſſent l'éclat
» du tein, éteignent le feu
» des yeux, & flétriſſent
» les traits. Peut-être s'eſt-

» elle égarée en allant
» joindre une troupe de
» jeunes filles pour danſer
» avec elles. Fâchée de
» n'avoir pû les atteindre,
» elle ſe ſera aſſiſe quel-
» que part. Elle eſt ſans
» doute depuis ce tems-là
» dans la prairie ſur l'her-
» be fraîche ; ou bien el-
» le eſt allée prendre le
» bain, & elle s'amuſe ſur
» les bords de l'Eurotas.
» Ah ! leur répond Her-
» mione, (a) en redou-

(a)Elle étoit fille de Menelas & d'Helene, & couſine germaine d'Oreſ-
te fils d'Agamennon qu'elle épou-
ſa, & dont elle eut un fils. Pauſanias l. 1. chap. 33. dit qu'Helene

» blant son affliction & ses
» pleurs, elle sçait le che-
» min de la montagne &
» du fleuve. Elle connoît
» tous les détours de ce
» dernier, tous les sen-
» tiers de la prairie, &
» tous ceux qui conduisent
» aux rosiers ; cependant
» les étoiles ont disparu,
» & elle est encore, dites-
» vous, dans une grotte :
» elles reparoissent, & el-
» le n'est pas encore de re-
» tour. Ah ! ma mere ,

étoit fille de Nemesis, & que Le-
da n'étoit que sa nourrice. La même chose se trouve rapportée dans
le 3. l. d'Apollodore chap. 10.

» dans quel lieu, sur quel-
» le montagne êtes-vous?
» Les bêtes sauvages vous
» ont-elles ôté la vie? mais
» les monstres eux-mêmes
» craignent & respectent
» le sang du grand Jupiter.
» Seriez-vous tombée du
» haut de nos montagnes?
» Votre corps ne seroit-il
» point abandonné au
» fond des forêts, où pais-
» sent nos troupeaux? Je
» les ai cependant toutes
» parcourues, il n'y a point
» d'endroits écartés, point
» d'arbres, point de buis-
» sons, point de feuilles,
» pour ainsi dire, où je ne

» vous aye cherchée fans
» vous trouver. Non ce
» n'eſt point aux forêts
» qu'il faut s'en prendre.
» Vous n'y êtes pas. Vous
» n'êtes pas tombée non
» plus dans l'Eurotas qui
» rend nos campagnes fer-
» tiles ; vous n'avez pas
» été ſubmergée par ſes
» eaux. Les fleuves & mê-
» me les abîmes de la mer
» ſont habités par des
» Naïades qui reçoivent
» les femmes , & qui ne
» permettent pas qu'elles
» périſſent. »

Tandis qu'Hermione
s'afflige, le ſommeil frere

de la mort vient fufpendre
fa douleur. Elle baiffe la
tête, & s'endort. Le fom-
meil & la mort font frere
& foeur. Leurs fonctions
font à-peu-près les mêmes.
L'un n'eft pas moins indif.
penfable que l'autre. De-là
vient que le premier fait
fouvent l'office de la fe-
conde. Delà vient qu'il ver-
fe fouvent fes pavots fur
les paupieres des belles
affligées, & qu'elles s'en-
dorment en pleurant.

Un fonge reprefente
à Hermione endormie l'i-
mage de fa mere. Frap-
pée d'étonnement elle
adreffe

adreffe triftement ces
mots à Helene : « Quoi
» vous avez pu abandon-
» ner hier la maifon de
» mon pere ? Vous avez
» pu prendre la fuite pen-
» dant que je dormois,
» & me livrer à mon ré-
» veil à de mortelles dou-
» leurs. Je vous ai cher-
» chée fur toutes nos mon-
» tagnes. Sur laquelle de
» nos collines ne vous ai-
» je pas cherchée ? Helas !
» vous vous livriez à vos
» nouvelles amours. Quel-
» ques légitimes que
» foient votre douleur &

G

» vos plaintes , » lui répond la fille de Tinda-
» re, ceſſez de m'accuſer.
» Un traître : cet Etran-
» ger que vous avez vû
» m'a enlevée.

Hermione ſe réveille
en ſurſaut , & ne voyant
pas ſa mere : elle redouble
ſa douleur & ſes pleurs:
» Oiſeaux aîlés , s'écrie-
» t-elle , libres habitans
» de l'air , volez en Cre-
» te , (*a*) apprenez à Me-

(*a*) Menelas étoit alors en Crete
Selon Ptolom. Hepheſt. L. 5. pour
immoler un Hecatombe à Jupi-
ter ; & ſelon *Dict. Cret. L.* 1. pour
partager la ſucceſſion d'Atrée ſon

» nelas qu'un fcelerat eſt
» venu hier à Sparte , &
» qu'il a enlevé tout ce qui
» faiſoit la gloire & l'or-
» nement de ſon palais.»
(a) Hermione pleuroit en
faiſant ces plaintes , & en
cherchant inutilement ſa
mere.

oncle , avec tous les Pelopides
ou deſcendans de Pelops. Dar.
Phryg. L. 1. dit qu'il étoit allé voir
Neſtor à Pylos , & qu'il avoit ren-
contré en chemin la Flotte de Pâris : qu'Hermione étoit allée de ſon
côté avec Caſtor & Pollux ſes on-
cles, &c.

(a) Pâris enleva avec Helene pluſieurs femmes de Sparte & des ri-
cheſſes immenſes. *Iliad.* 3. *Dict.*
Cret. L. 1. ajoûte que Pâris étoit
accompagné d'Enée & de pluſieurs
autres Princes de ſon ſang.

Pâris conduisit cependant sa nouvelle épouse, le long des côtes des Cicons (*a*), & en traversant l'Hellespont jusqu'aux Ports de la Dardanie. Cassandre (*b*) voyant du haut de la Ville arriver cette Etrangere, déchira son

(*a*) Cicons peuples de Thrace, contre lesquels Ulysse combattit à son retour de Troye. *Odyss. L. 9.*

(*b*) Apollon en étant devenu amoureux, elle exigea de lui avant de répondre à ses desirs, qu'il lui enseigneroit à prédire l'avenir. Ce Dieu y consentit; mais lorsqu'elle eut appris ce qu'elle desiroit, elle refusa de lui tenir sa promesse. Apollon pour s'en venger empêcha qu'on n'ajoûtât foi à ses Propheties. *Apollod. L. 3. Licophron.*

voile & s'arracha les cheveux. Les portes de Troye
ne laifferent pas de s'ou-
vrirent, & cette magni-
fique & infortunée Ville
reçut dans fon fein Pâris
l'auteur de fa deftruction.

F I N.

APPROBATION.

LU & approuvé ce septiéme Décembre 1741.

CREBILLON.

Vû l'Approbation du sieur Crébillon, permis d'imprimer. A Paris ce 8. Décembre 1741.

DE MARVILLE.

www.ingramcontent.com/pod-product-compliance
Lightning Source LLC
Chambersburg PA
CBHW060454260626
47161CB00005B/2095